Alphonse Auguste Amussat

De la galvano-caustique chimique

Antigonos

Alphonse Auguste Amussat

De la galvano-caustique chimique

Réimpression inchangée de l'édition originale de 1871.

1ère édition 2024 | ISBN: 978-3-38813-039-2

Antigonos Verlag est une marque de Outlook Verlagsgesellschaft mbH.

Verlag (Éditeur): Outlook Verlag GmbH, Zeilweg 44, 60439 Frankfurt, Deutschland, info@outlook-verlag.de
Vertretungsberechtigt (Représentant autorisé): E. Roepke, Zeilweg 44, 60439 Frankfurt, Deutschland
Druck (Imprimerie): Libri Plureos GmbH, Friedensallee 273, 22763 Hamburg, Deutschland

DE LA

GALVANO - CAUSTIQUE

CHIMIQUE

PAR

LE Dr A. AMUSSAT

⸺⊷◉⊶⸺

PARIS

TYPOGRAPHIE A. POUGIN

13, QUAI VOLTAIRE, 13

—

1871

DE LA

GALVANO-CAUSTIQUE

CHIMIQUE

La galvano-caustique chimique est l'escharification des tissus par l'action chimique de l'électricité.

Pour avoir une idée bien nette de l'électro-cautérisation chimique, il suffit de faire l'expérience suivante : on prend un lapin ou tout autre animal ; on lui rase soigneusement les poils de la partie externe des cuisses et on introduit dans l'une d'elles, à un centimètre de profondeur, deux aiguilles de platine. Mettant ces deux électrodes en rapport avec les réophores d'un appareil de Bunsen de 12 éléments de onze centimètres de hauteur sur sept centimètres et demi de diamètre montés en tension, voici ce que l'on observe. On entend immédiatement un bruit de crépitation très-fine, et simultanément on voit se produire autour des électrodes une mousse blanchâtre formée par des bulles de gaz d'une extrême finesse. Si on arrête l'expérience au bout de douze ou quinze minutes, on voit que chaque portion d'aiguille implantée dans les chairs est entourée d'un cylindre brunâtre formé par une eschare sèche autour de l'électrode positif, molle au contraire autour de l'électrode négatif.

Si au lieu de deux aiguilles on applique pendant le même temps sur l'une des cuisses une rondelle d'amadou mouillé, et par dessus un électrode formé par un disque de charbon en rapport avec l'un des réophores du même appareil, que dans l'autre cuisse on enfonce de 1 centimètre une aiguille de platine en rapport avec l'autre réophore, on observe autour de l'aiguille les phénomènes signalés plus haut, tandis que la peau de la cuisse est simplement rougie sous la rondelle d'amadou. Quant à l'eschare produite autour de l'aiguille de platine, elle est sèche si cet électrode est en rapport avec le pôle positif, molle s'il est en rapport avec le pôle négatif.

Au moment où le courant s'établit, et au moment où il s'interrompt, il se produit dans les parties avoisinant les points d'application des électrodes une secousse douloureuse.

On sait que lorsque l'on plonge deux aiguilles de platine dans un vase contenant de l'eau, si on les met en rapport avec les pôles d'un appareil analogue à celui que j'ai décrit plus haut, l'eau est décomposée, l'hydrogène se dégage au pôle négatif et l'oxygène au pôle positif. Quand un corps organisé est intercalé dans le circuit intérieur d'une pile de tension suffisante, il est décomposé, il y a dégagement de gaz, formation d'acide au pôle positif et d'alcali au pôle négatif. L'acide et l'alcali naissants cautérisent les tissus aux points d'application des électrodes.

Il y a donc deux manières de cautériser chimiquement les tissus en employant l'électricité. Dans l'une on produit une eschare aux points d'application de chaque électrode; dans l'autre on n'en produit qu'une seule, qui est sèche ou molle, suivant le pôle choisi.

Cancroïde de la lèvre inférieure ; — galvano-caustique chimique ; guérison.

M. L***, garde-chasse au château d'Arnouville, près Gonesse, âgé de 72 ans, d'un tempérament nerveux, ayant toujours joui d'une bonne santé, a passé sept ans sous les drapeaux. Il affirme n'avoir jamais eu que des blennorrhagies. Marié à l'âge de 28 ans, il a eu trois enfants, dont deux, actuellement vivants, sont bien portants. Il fume la pipe depuis qu'il est entré au service militaire.

Il y a deux ans, il s'aperçut qu'il portait à la lèvre inférieure, du côté droit, une petite croûte qui se formait en hiver et tombait pendant l'été.

Cette affection prit peu à peu du développement et finit par lui donner quelques inquiétudes.

Au mois de juin 1868, Mme la comtesse de Choiseul, dont il était le garde-chasse depuis longtemps, me l'adressa. Je l'examinai avec soin, et je constatai l'existence d'un cancroïde ulcéré de la lèvre inférieure à droite, près de la ligne médiane, ayant 18 millimèires d'étendue, occupant toute l'épaisseur de la lèvre, avec une base dure, mais peu profonde. Il n'existait aucun engorgement ganglionnaire voisin.

Le 19 juin 1868, j'appliquai sur l'ulcéra-tion le petit cautère en platine C (voy. fig. 1) fixé dans mon porte-cautère ordinaire, mis en rapport avec le pôle positif d'une batterie de 16 petits éléments de Bunsen, chargés au bichromate de potasse et à l'acide sulfurique au 10e. L'électrode en charbon du pôle né-gatif fut appliqué sur le deltoïde du bras droit. La cautérisation dura environ vingt minutes, avec quelques courts intervalles, afin de laisser reposer le malade.

Fig. 1.

L'opération terminée, je pus constater que toute l'ulcération, y compris sa base, ayant subi l'action désorganisatrice de l'électricité, avait une coloration grise-noirâtre qui indiquait sa mortification. Aussitôt après, **M. L***** repartit pour Arnouville.

Le 22, l'eschare est sèche et parcheminée;

Le 27, l'eschare commence à se détacher;

Le 2 juillet, l'eschare est complétement tombée;

Le 9, il existe encore une petite croûte centrale;

Le 18, je constate que **M. L.** est complétement guéri. Il portait à la lèvre inférieure droite, à la place de l'ulcération, une cicatrice peu étendue, et le tissu de la lèvre au voisinage me parut sain. J'ajouterai qu'après la cautérisation, il n'a été fait aucun pansement, et que **M. L...** n'a pas discontinué ses fonctions de garde-chasse.

Le 2 juillet 1870, j'ai revu mon malade; j'ai pu constater que la cicatrice était parfaitement saine et qu'il était complétement guéri, quoique ayant repris l'usage du tabac, mais en ayant soin de mettre sa pipe du côté gauche.

Après avoir examiné M. L..., j'avais d'abord songé à enlever la portion malade au moyen de la galvano-caustique thermique, en faisant à la lèvre une incision en V; mais en y réfléchissant, je renonçai à ce procédé, qui eût produit à la lèvre une encoche assez profonde, et je me décidai à employer l'électrolyse. Le résultat est venu confirmer mes prévisions, car, au point de vue cicatriciel, il n'existe qu'une petite dépression. Si on compare entre elles les deux méthodes d'opérer, il est juste de dire que l'ablation au moyen du sécateur galvanique eût été plus prompte et moins douloureuse, mais la cicatrisation de la plaie se fût fait attendre plus longtemps.

Le pôle zinc était en rapport avec l'électrode de M. Gaiffe (Voy. fig. 2), sous lequel j'avais placé un disque d'amadou imbibé d'eau salée. La cuisson assez forte que ressentait le malade au point d'application m'a forcé de déplacer l'électrode à plusieurs reprises, d'interrompre par conséquent chaque fois le courant, ce qui lui donnait des secousses très-pénibles. Pour obvier à cet inconvénient, j'ai fait fabriquer par M. Trouvé un électrode (Voy. fig. 3) composé d'un cylindre plein en charbon, recouver

Fig. 2.

d'une peau B, et tenant au manche par deux pivots A, A, sur lesquels il tourne. Une lame de cuivre échancrée et soudée à l'un des conducteurs est placée en T et fixée au moyen de la vis V. Pour s'en servir, on applique sur une partie du corps voisine de celle que l'on veut cautériser une large plaque d'amadou imbibée d'eau salée, et on fait rouler dessus le cylindre B, trempé au préalable dans de l'eau, afin de le rendre conducteur de l'électricité.

Je n'ai pas l'intention de substituer dans tous les cas à l'électrode à plaque celui que j'ai fait fabriquer ; l'un et l'autre ont leur applica-

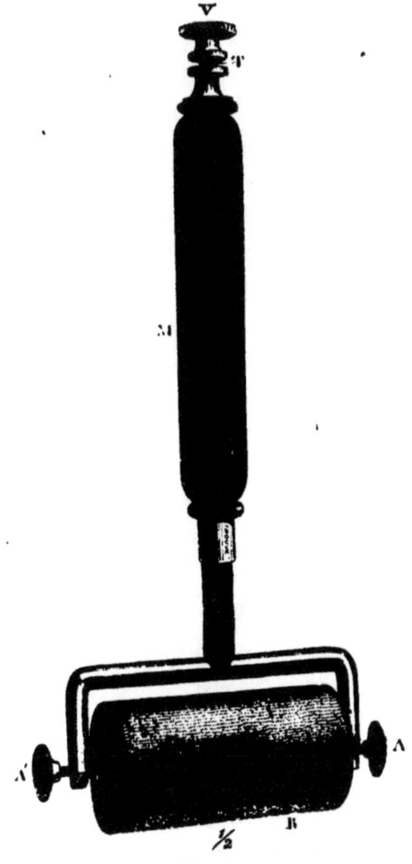

Fig. 3.

tion distincte. Ainsi, quand l'électrode doit être appliqué sur une partie assez limitée du corps, et que la cautérisation ne doit pas durer longtemps, comme au périnée dans la cautérisation de l'urèthre, il est convenable de donner la préférence à l'électrode à plaque de charbon ; quand, au contraire, il s'agit de cautériser une tumeur, et que l'électrode peut être appliqué sur une partie du corps assez étendue, comme les membres, l'abdomen, etc., il y a avantage à se servir de celui que j'ai fait fabriquer, en le promenant sur toute la surface d'une large plaque d'amadou.

La galvano-caustique chimique n'est pas ancienne, elle remonte à 1828, et appartient au docteur Fabré-Palaprat, comme le prouve le passage suivant, extrait de sa préface à la traduction du livre de M. Labeaume sur le galvanisme appliqué à la médecine :

« M. Labeaume déclare que pour obtenir du galvanisme des effets salutaires, il est indispensable, dans certains cas, de faire coïncider ce mode de traitement avec l'administration d'autres moyens curatifs. Parmi ces moyens, il cite les *moxas*. Ainsi que lui, j'ai plus d'une fois éprouvé que les moxas favorisaient l'action du galvanisme. Mais, plus heureux que M. Labeaume, j'ai trouvé dans le galvanisme même un moyen d'obtenir instantanément depuis le plus faible degré de chaleur jusqu'à la plus active combustion, et avec elle les effets du moxa, sans recourir à cet appareil d'ustion lente et si douloureuse que l'on met en usage pour pratiquer la cautérisation moxaïque.

« Le moxa se place ordinairement sur la partie malade ou dans ses environs. De même, le courant galvanique destiné à produire la cautérisation est dirigé en général d'un point déterminé par une indication quelconque, vers un des points de la surface du corps qui correspond à l'organe ou à la partie malade.

« Lorsque le moxa est reconnu indispensable, on introduit une aiguille de platine dans la partie correspondante de l'organe affecté ou dans tout autre endroit qui est indiqué. En mettant cette aiguille en communication avec le pôle austral d'une pile dont les éléments aient une surface convenable et soient en nombre suffisant, et en faisaut communiquer ensuite l'autre pôle avec une partie déterminée du corps, l'on obtient à l'instant même une ustion galvanique plus ou moins profonde, et dont l'impression douloureuse se manifeste et disparaît avec la vitesse de l'éclair.

« J'ai occasionné un certain nombre de ces cautérisations sur la région de mon estomac et sur ma tête lorsque je me traitais de ma maladie nerveuse ; j'en ai fait autant sur plusieurs personnes, et j'avoue, d'après ce que j'ai ressenti et d'après la déclaration des personnes dont je viens de parler, que la fugacité de la douleur semble en détruire la réalité, et que si un point bleuâtre n'annonçait une eschare, si quelques jours après il ne se manifestait une inflammation semblable à celle que produit le moxa, et si l'eschare (ordinairement en forme de tuyau de plume) ne tombait à la suite de cette inflammation, il serait impossible de croire qu'un trait aussi rapide et à peine senti fût capable de produire d'aussi grands effets.

« J'aime à penser que si M. Labeaume prend la peine de lire ces pages, il reviendra de ses préventions contre les aiguilles, et peut-être qu'il me remerciera de lui avoir indiqué une si heureuse application. »

J'ai cité cet extrait un peu long du livre de Fabré-Palaprat, parce que, parmi les auteurs ayant traité de la galvano-caustique, les uns lui ont attribué l'invention de la galvano-caustique thermique, à laquelle il n'a pas pensé, tandis que d'autres ne lui ont pas rendu la justice qu'il méritait comme inventeur de l'électrolyse.

Quant à la première application de la galvano-caustique chimique à la destruction des tumeurs, je n'ai pas trouvé de document antérieur à celui qui suit, document établissant la priorité de **Pravaz** et **Récamier**.

Observation d'un cancer, par un nævus, dont deux ablations et quatre cautérisations ont été suivies de récidive, et qui a enfin été guéri au moyen d'une compression méthodique, par M. Récamier.

« Mlle Al... est âgée de 48 ans, et elle ressemble beaucoup à sa mère, âgée de 79, sujette à des pituites (excrétion folliculaire de la muqueuse gutturale); une tante maternelle a été sujette à des migraines. Quant à Mlle Al..., née avec un nævus brunâtre et superficiel de trois lignes de diamètre à la partie gauche du thorax, en dehors de la mamelle de ce côté, elle a eu une enfance délicate, et dès lors des pituites, des gastralgies, des vomissements, et deux fois surtout une migraine bien caractérisée. Enfin elle a été sujette à des catarrhes pulmonaires tous les hivers. Réglée pour la première fois vers 14 ans, elle a continué à l'être convenablement jusqu'à 36, âge auquel chaque menstruation a présenté le caractère d'une hémorrhagie pendant dix-huit mois. Depuis lors Mlle Al... a pris un bel embonpoint; mais il y a toujours eu, à chaque époque des règles, un orgasme violent du côté de l'utérus, avec gastralgies, vomissements, coliques, diarrhée. Plus tard, ce mouvement fluxionnaire s'est fait sentir vers le nævus, ensuite vers un cautère établi au bras, et enfin vers celui de la jambe, qui l'a remplacé. Les règles ont cessé de reparaître dès le mois de mai 1829. Vers 29 ans, elle a eu la gale, qui a été traitée par les frictions avec de l'onguent napolitain. Plus tard les bains chauds ont été suivis de malaise, de dyspnée et d'une éruption passagère.

« Le séjour dans les pays chauds (à Fréjus) a été accompagné de difficutés des digestions et même de coliques violentes, inconvénients qui ont cessé lorsque Mlle Al... est venue habiter Paris. La saignée a toujours été bien supportée. Vers 46 ans, Mlle Al... gratte et irrite le nævus, dans l'intention de l'enlever comme une croûte, et il s'y forme une petite ulcération.

« Dans les premiers jours d'octobre 1829, il y eut, au sujet de la maladie, une conférence entre M. Blandin, chirurgien adjoint à l'hôpital Beaujon, et moi. Fort des données que j'avais acquises sur l'histoire générale des affections cancéreuses, je pensai que l'ablation du nævus déjà ulcéré serait suivie de récidive immédiate ; mais en m'appuyant sur le succès obtenu, par une compression consécutive chez le sujet, du troisième fait de la seconde partie de mes *Recherces sur le traitememt du cancer*, je souscrivis à l'ablation du nævus ulcéré de Mlle Al..., présentant au plus 4 ou 5 lignes de diamètre à l'époque dont je parle.

« Première ablation suivie de deux cautérisations, le 12 octobre 1829.

« Deuxième ablation le 18 janvier 1830.

« *Première cautérisation sans ablation par la pile voltaïque.*

« Dans cet état de choses, M. Pravaz proposa de cautériser avec la pile. Ce procédé adopté, on réunit deux auges formant ensemble quatre-vingts éléments, et nous cautérisâmes ainsi profondément, et non sans une vive douleur, tout le gâteau carisnomateux, le 3 février 1830.

« L'inflammation survenue au-dessous de l'eschare nous détourna de comprimer immédiatement; nous voulions simplement laisser détacher l'eschare pour commencer aussitôt la compression ; mais à la chute de l'eschare, la récidive avait déjà lieu, et tout ce que nous pûmes faire alors par ce moyen méthodiquement employé, ne changea pas la nature cancéreuse de l'ulcère.

« Deuxième cautérisation sans ablation par le deuto-chlorure de mercure, le 3 mai 1830.

« Troisième cautérisation sans ablation avec la poudre arsenicale de Rousselot, le 31 juillet 1830.

« Quatrième et dernière cautérisation, sans ablation, avec le nitrate de mercure liquide.

« Le 12 août, les douleurs étant devenues intolérables, et l'odeur spéciale, la couleur grisâtre, ainsi que la viscosité du pus adhérent à la surface de l'ulcère qui augmentait de jour en jour d'étendue, ne me laissant plus aucun doute sur les caractères de la pourriture d'hôpital, je me déterminai à toucher toute la surface de l'ulcère avec le nitrate acide de mercure liquide, résolu de commencer la compression méthodique aussitôt après la cessation des souffrances de la cautérisation.

« Les douleurs de la pourriture d'hôpital cessèrent immédiatement pour faire place à celles de la cautérisation, qui furent très-supportables pendant une partie de la journée et cessèrent ensuite. Dès le 13 au matin, la compression fut faite sur toute la surface de l'ulcère et sur tout son voisinage; elle a été continuée régulièrement depuis ce moment. Le pansement immédiat se faisait avec un disque d'agaric mollet, de la grandeur de la plaie, ou de la charpie sèche, et on élevait ensuite par dessus un cône tronqué de trois pouces et demi d'épaisseur au moins, et en fixant les disques trois par trois à l'aide des circulaires d'un bandage analogue à ceux que j'ai décrits dans les *Recherches sur le cancer*. A compter de ce moment, l'ulcère, changé en plaie simple, a marché à sa cicatrisation avec la lenteur qu'on remarque toutes les fois qu'il y a eu perte de substance; en sorte que la cicatrice, souple, lisse, unie et très-semblable à la peau, n'a été terminée qu'en décembre 1830.

« Aujourd'hui, en mars 1831, la cicatrice conserve les mêmes caractères, et est si belle que, comme cela arrive aux cicatrices après les cautérisations par le nitrate acide de mercure, on la distingue à peine de la peau environnante.

« On continue la compression au moyen d'une pelote d'agaric large, souple et lenticulaire (1). »

Depuis cette époque, la galvano-caustique chimique a donné lieu à des travaux importants. Nous citerons comme s'en étant

---

(1) *Revue médicale française et étrangère*, 1831, t. I, p. 349.

occupés particulièrement, MM. Althaus, à Londres ; Ciniselli, à Bologne ; G. Crussel, à Saint-Pétersbourg. En France, Leroy d'E-tiolles père, Mallez, Nélaton, Schuster, Scoutteten, Tripier, Wertheimber, etc. (1).

---

(1) *Gazette médicale de Paris*, 1871, p. 35.

(1872-71) Paris. — Typographie A. Pougis, quai Voltaire 13.